歌集

いのちの名

明日のみえない日もあった

出島美弥子
Dejima Mineko

幻冬舎MC

「悲鳴を上げた地球」

……

時遅し

すべては地球上に存在する生物

中でも知能を有する人間

……

なんて愚かな、愚か過ぎる

嘆き

誰にも悲鳴は届かず聞く耳すらもたない

そういうわたしも愚かな人間のひとり

言葉を発するような人間でもない

無念

誰が何を言おうとも自身を守ることで精一杯

なんてなんて……生命の愚かさよ

今、思い知る

知能を持つもの、良くも悪くも生かすも

結論

人類すべてを失くすこと

そうは言っても、この世に生を受けた奇跡の命

この命を自ら絶つものなどいるはずもない

わたしもそのひとり

日々の惨事、世界中で次々起こる目のやり場もない現状

泣き叫び苦しく辛く悲しくどんなに心痛めても、涙しても……

涙して涙して悔しくて、

痛みを我慢、我慢、我慢

そう地球は絶えず我慢のし通しできたのだ

きっと我慢することに疲れたのだろう

もうよいのでは、と

わたしは地球に言葉を贈るなら

「ありがとうございました」
「長い長い時をお疲れさまでした」

そして

「ゆっくり休んで下さい」

人間、人として生まれたもの日々当たり前のことではない

息をし寝て起き食し排尿排便
健康な人、病に伏せる人、生きることに悩む人
様々な環境の中で様々な思いを持ち生きている、生かされている
当たり前などない
わたしは日が昇るとき、空を見上げて大きく大きく深呼吸をする
朝がきた、と同時にわたしは生きている
日が落ちる瞬間、夜を迎えてまた大きく大きく深呼吸
月夜に星に見られたならとてもしあわせ
今日一日生きたこと、感謝の深呼吸を

ありがたい有難い

一日たりとも同じはない、同じ空がないのはわかる、当たり前に
ならば知ろう

「当たり前はない、当たり前などない!」

わたしは人の話は聞く
よく聞くこと、両親に教わった
聞く耳を持つこと、大事だと

随分前に感じたあの日の夕日

まだ小学生
いつものように学校帰りいつもの公園
ブランコのって砂場で遊んで泥だんご作って
帰り際いつもの場所に一番強い泥だんご隠して
そしてあの場所でいつものように
……日が沈む……ん、なにか、なんか違う、なんだろう
わたしの目は錯覚だろうか?

沈む日に太陽にヒビが、ヒビが見えた
眩しかったが見たいと思い……また見た。見てしまった

あのヒビを見てからわたしは太陽を追いかけるようになった
追いかけて追いかけてつかまえる
太陽を追いかけつかまえ手にして、知りたかった

……

太陽を手にすることはできなかった
できるはずなどないとはわかりながらも
何をしたかったのか、そう、聞きたかった太陽の声を

……

しかし

……

しかし

わたしは、わたしには、聞こえた……小さな小さな声を

今思えば小さな声は割れていたような

— あとがき —

地球の涙を

泣いて泣いて涙いっぱい溜めこまないよう

涙尽きるまで泣かせてあげよう

地球のいのちありがとう

ありがとうございます

この時世

地球の怒り

稲光

容赦なく

天へ地へ人へ

物理的

法則反し

人類は

何を目指すの

どこへ向かうの

語り部語る

自然の脅威

荒れ狂う

奪う波に

流されゆきて

傷深し

発言力

虚しさに

自由ならばの

盾なく無力

　　　　　　　　　　無防備な

　　　　　　　　　　現実社会

　　　　　　　　　　　無関心

　　　　　　　　　　多種多様

　　　　　　　　　何でも在り得る

もの語る　世相反映　見失う

あるべき姿　あるべき形……とは

夢託す

願いを込めて

自ずから

自然に還る

身支度整え

争わず

命奪わず

戦わず

平穏望む

尊き命

平和への

道のり厳し

人は皆

祈り続ける

灯の火を

進みゆく

困難多き

誰も皆

閉ざす口元

胸に手をあて

もう一つ

夜空見上げて

願い星

平和の祈り

両手いっぱい

「明日のみえない日」

明日のみえない日もあった

今が怖くて明日が怖くて

ただ小さく小さく丸まっていた

言葉もなく静かな時間

ただ勝手に涙が流れる

涙に聞いた

「なぜ泣いているの」

涙は涙の量をただ増やしていくだけだった

悲しかった

つらかった

いっぱい泣いて

いっぱい涙流して

それでもまだ泣けた

……

……

ふと気づいた

涙のあと
少し体が和らぐのであった

そうきっと泣きたかったのだろう
いっぱいいっぱい

泣き虫の頃を思い出していた
もう泣きじゃくり
涙に鼻水もう止まらない
人前では泣くことはなかった
泣くことをしなかった

忘れていたあの頃

泣き虫だったあの頃

そして

今も変わらず涙するわたしがここにいる

涙はわたしの守り神なのかも……

「45分の帰り道」

　　幼稚園、小学校とよくあの長い道のり通ったな。

　　　　　　楽しかった。

　　　　苦になるなんてなかった。

　　　　　　　雨の音。

　　耳すまし…しとしと、ぽたぽた、ポツンポツン。

　　　　ザァーザァーザァーザァーザァー。

　　　　あの頃は雨の日ばかり。

　　雨の日の楽しみってあったな。

　ぴっちぴっち、　ちゃっぷちゃっぷ、　らんらんらん。

　　　　　45分の帰り道。

傘と一緒に飛んで跳ねて！　跳ねて飛んで。楽しかった。

　　　　　　楽しかったな。

思い出す。

水たまり。

傘ほっぽり出して大きく足踏み。

びしゃびしゃ、ばしゃばしゃ、びしゃばしゃばしゃ！

もう夢中。

小さな水たまりでこんなに遊べるなんて！

楽しくて、面白くて……

時間も忘れて……。

雨上がり。

いつも空を見上げ。

背筋をピーンと。ピーンと背伸び。

両手を天に向かい大きく高く高く上げて。

太陽に手が届けとばかりに。

雲の流れ、雲の形。そして太陽。ずっと追いかけたな。

45分の帰り道。

あめあめ　ふれふれ　かあさんが
じゃのめで　おむかい　うれしいな。
ぴっちぴっち……らんらんらん。

ずっと口ずさんで歩いたな。

何度も、らんらんらん、と。

ああ、雨の匂い。

ポツポツ。

ポツンポツン。

また降りだした。

楽しみいっぱいの45分の帰り道でした。

野原かけ

トンボを蝶を

追いかけた

何も考えず

何も恐れず

季節詠む

出会いし春に

ゆきて夏

木枯らし舞いて

来る冬恋し

慎ましく

詩歌口ずさみ

野の花に

そっと口づけ

色づく花びら

大自然

心体ともに

開放し

風受け吹かれ

大きく息のむ

花の香り

甘い誘惑

鼻のびる

ミツバチ気分

円形ダンス

風情ある

趣きひたり

瓶ジュース

縁側寝そべり

ひなたぼっこ

降り続く

悲しみの雨

涙消す

犬に向かいし

雨に打たれし

ジャポンと　河原で遊ぶ

水遊び　魚も躍る　心もオドル

舞い降りる

天から星が

手のひらで

受けて抱きしめ

心にしまう

流れ星

願いをひとつ

いやふたつ

欲張りだな

あぁっ……消えた

静か朝

染まる朝焼け

朝景色

朝もやの中

朝ひとりじめ

中秋

面影追いし

月明り

ふたつの背影

垣間見涙

ひらひらと

舞い踊る雪

天見上げ

雪の結晶

そっと抱きしめ

枝をわけ　小径をゆく　奥深く

小枝に落ち葉　大地踏みしめ

「天使舞う」

朝のはじまりに

天使が舞う

優しくあたたかく、わたしを包むように天使たちが舞っている

わたしのポカン顔がおかしいのだろうか

天使たちのささやきが

ささやく声が聞こえてきそうな

……夢？

ほっぺに手

……夢じゃな〜い

何度か目をこすりほっぺつねって

どうやらわたしのすることなすこと

すべてがおかしいようだ

もうささやきだけではなく

くすくすっくすくすっクスクスっ

思わずわたしもつられ笑い

天使たちはふわりふわっと　ふわふわ　ふわっと

それから天使たちは

わたしのぽかん顔みたさに　ふわりふわっと　ふわふわっと

はじまりおわりに　来るのであった

「ぷっくら咲いたよ」

待ち遠しく……

……季節がやっときた

冷たく寒い冬に耐えて、越えて

今年の桜はもうぷっくらぷりぷり

いくつものつぼみを伴いぽっぽっぽぽわっと花を咲かす

もう見事としか言いようがない

かわいくて美しくて

ひとひらひとひらキレイで綺麗で桜の生命力を感じとる

今日の空にとても似合う

見事なまでの共演美

「わたしを見て！」
誇らしげに言う

この瞬間
「あなたのためにわたしは咲いてるの」

「青い空、澄んだ空気、とても気持ちいい」

「さあみんな、今日は空に太陽にあなたに
キレイに咲いた私たちの
咲き誇るすがたを思う存分楽しんでいただきましょう」

あたたかなやわらかい陽射しのもと

楽しんでいただけましたか

語り　さくらの妖精

「シロツメクサ」

花冠り　シロツメクサの　お嫁さん　白のドレスに　夢見る居場所

地を巡り　原点戻り　我を知る　シロツメクサに　遊ばれし頃

シロツメクサのじゅうたんに寝ころび

シロツメクサの花飾りいっぱい作っていっぱい遊んで

いつしか夢の中

やさしい王子様が……

花飾りの少女

鮮やかな

生き生きとした

交わりに

一目惚れする

乙女の心

組ひも手

たった一つの

贈りひも

ふじに水色

恋するさくら

よせる想い　甘い香りの　桜花

小道菜の花　二人あなたと

手相見る

なんてふりして

あなたの手

ふれていたくて

そうっと包む

歩く君

白い砂浜

歩く僕

言葉少なに

地平線望む

キレイだね

流星群

降りかかる

夜空の果てへ

導かれし二人

しなる筆

恋文手にし

しなり筆

硯すり減り

進まぬ一筆

　　　　　　香りくる

　　　　あなたの気配

　　　　　　すれ違い

　　　　　遠くの遠く

　　　　逢いにゆきます

詩に歌に　心響きし　揺さぶられ

こよなく愛す　また筆を執る

揺り動く

閉ざした心

忘れよう

あなたの声に

あなたそのものに

泣きはれし

満天の星

佇みて

流るる涙

涙し涙し

驚きを

見て見ぬふりを

目があった

懐かしい顔

淡い初恋

                    好きですを

                    口にするまで

                    バカだなぁ

                    あの時言えば

                    勇気をだして

訪れし

古き校舎

思い泣き

振り返る今

涙旅立ち

「……ひとっ飛び」

あの日のわたしへひとっ飛び！

夢を形にする決意をした

そんな時　手にしたアルバム

……いたいた　白黒のわたし

遠いあの日を思い出す

まつぼっくりギュッと握って
　なぜかカメラ目線!?

……この空き地　今で言うお気に入り

何十年振りだろう　この地に足を運ぶ

思い出の波に襲われる　何度もなんども　強くつよく

涙が止まらなかった
泣くだけ泣いて　決意を固めた

今

夢を形に！　わたしの挑戦！

「雨の匂い」

雨の匂い。

……そうこの匂い。

……なつかしい。

雨の音。

耳すまし……。

しとしと、ぽたぽた、ポツンポツン。

ザァーザァーザァーザァー。ザァーザァー。

そう、ザァーザァー降り。

……あの頃は雨の日ばかり。

雨の日の楽しみってあったな。

水たまり、傘ほっぽり出して。もう夢中。

もう泥んこ泥だらけ。

怒られたな。

ああ、泥だんご。真剣に作ったな。

強く負けない、泥だんご。

いつもそう。

夢中になって。時間も忘れて。

気付けば辺りはもう薄暗く。

また、怒られて。

いつの頃だろう。

自然と本が好きになった。

本の中の主人公、憧れたな。

読みだすともうその先が気になり。

何かに取り憑かれたように読み漁った時もあった。

とにかく楽しかった。

本の世界が大好きになった。夢見心地でいた。

ふと思う。

あの主人公の……

あのおばあさんはどうしたのか。

あの親子はどう。

あの子は。

本の中ではあったが、そこにいる近さを感じていた。

久しぶりにあの本をもう一度読みたいと思った。

今のわたしはどう感じるのか、知りたいと思った。

……そう喫茶店。

新聞、雑誌、週刊誌、月刊誌、

店によっては流行りの本、絵本など。

単行本に小説など、まだまだあったな。迷うほどだった。

時間も忘れ楽しかった。

ものがたりの中へ飛んで入って。

喫茶店はしあわせいっぱい、いっぱいつまった夢のような場所。

そう言えば最近見ないな。

おしゃれな流行りの大型喫茶店はあるものの。

昭和なレトロな懐かしくなる喫茶店、見なくなったな。

長居していたあの喫茶店を思い出す。

まだあるかな。行ってみたい。

訪ねてみようか。

なんて……。

雨だ。

少し強い雨が窓にあたる。窓を伝い横斜めに。

雨の向こうにはうっすら山々が流れる。

近づいてきた。何年ぶりだろう。

アナウンスが流れる

「次はかなざわ、かなざわ。

お忘れ物のないようご注意ください」

帰ってきた。

駅に降り立つ。

ザァーザァーザァーザァーザァー雨が迎え出た。雨の匂い。

ああ、この匂い。

「ただいま！　帰ったよ」

やわらかい

ソフトなあたり

大事だね

四角張らずに

まあるくが良いね

結ぶ手に

想いの重さ

固い意志

汗滲む手に

夢の背中押す

人生譜

思うようには

譜面手に

指揮棒かざし

流れゆく我が心

薄っぺら

人生もかな

それでいい

損も得も

なくていい

陽の光　当たる場所　陽の陽射し

当たらぬ場所　人々それぞれ

人は皆

生まれた意味を

道のりに

あり得はしない

甘し道など

手ハンカチ

大粒なみだ

泣かないで

優しさの中

このままずっと

忘れずに

誰もが向かう

先がある

命あるもの

自然に還る

時越えて

我いのちの名

共に連れ

歩んだ道に

悔いなし悔いなし

穏やかに

終わりよければ

すべてよし

望むことなく

いのちの終わりに

「泣き虫」

弱い弱いわたしがいる

泣き虫なわたしもいる

どちらかと言えば

……泣き虫かな

小さな頃から体が弱かった

そんなわたしをふたりはいつも心配顔で見ていた

つらかったな

「大丈夫大丈夫」

と、わたしは言うしかなかった

気づけばいつからかふたりは何もないような顔をして

「やすんで」

と、言うようになった

もういつものことと諦めもあったよう

……

それからふたりはずっと見守る親であった

弱さは変わらなかったが

泣き虫はやめた

　　　……

時が過ぎ

ふたりはいなくなった

また泣き虫になった

泣かない日がない日々がはじまった

ふたりの親の存在の大きさを思い知った

涙に

流れる涙に

止まらない涙にまた泣けた

言葉にならないこと

涙を飲みこむ思いなど知りたくなかった

……
　……　……

時が過ぎ

今は知ってよかったと言える

ふたりを看取る経験から

わたしは今の生き方ができているのだから

泣き虫はまだ小さくありますが

笑ってもいます

姿を変えたふたりに歳がかさなる

人生の大先輩の皆さまに

笑顔をいただいています

笑っています

今しあわせです

今のわたしをふたりはきっと

微笑ましく

いつものように見守っていることでしょう

「はじめての汽車に乗り」

汽車に乗り

ぎゅっとつかむ　お兄ちゃん

不安かくせず　への字の口が　物語る

（汽車の思い出）

「味わって」

　　　　手料理を

　　　素材をいかし

　　　シンプルに

　　手間ひまかけて

　　大根ふくめ煮

しみわたる見様見真似で覚えた　お袋の味……美味しくできましたよ

恋し里

恋しふるさと

離れ知る

待つ友父母

里待ちわびて

時を経て

重ねたシワの

深まりも

笑いジワにも

また愛嬌

遥か遠く

決意を胸に

短歌詠む

父母あなた

そして私へと

和蝋燭

亡き両親

お仏前

偲び年月

蝋燭照らし

ずっとずっと

はなさなかった

ずっとずっと

放したくなかった

手のぬくもり今も

字をなぞる

母の字かさね

思い知る

我が子を思う

母なる思い

美弥子へと

最後の手紙

強く生きて

母の精一杯の

愛情抱く

　　　　　針と糸

　　　黙って向き合い

　　　　糸とおし

　　　何かに似てる

　　　　家族関係

吾輩は

猫であるとは

存じません

愛猫ポップ

わたしは友

「母となる思い」

命名の　字の下書きで　思い知る　我が子を思う　母なる思い

美弥子と名付ける

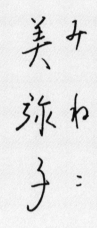

母の字をなぞる

思い伝わる

パパママありがとう　感謝します　　美弥子

「はじめまして　ポップ」

あなたはわたしのお守り

目がとても似てるの　わたしに

どことなくあなたをみていると

とてもなつかしい気持ちになるの

おいでポップ

ポップの名前はね

明るく元気なこになりますようにと　願いをこめてね

……その名の通り　元気いっぱい

ときにあなたは　天使にもなる

どんなときもポップ

ポップそばにいてね

これからどうぞよろしく　ポップ

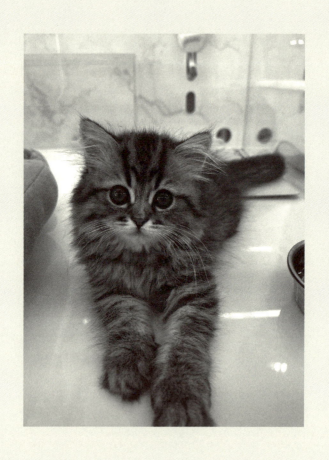

ポップママの　みねこより

「パパママ……子ねこ」

パパ

何だか似てる

とても似てる

何々……ねこ

おやおや

もしかしてあなたはポップ？

見つめるその目

似てるの

子猫ちゃん

お名前なんていうの

あらあら

ママと

しあわせね

優しい目で見る

ママがいる

子猫ちゃん　しあわせね

いのちの名

誕生花

花の名も

あなたにキミに

たった一つの

喜びと

歓喜に満ちた

朝の日に

はじまりの歌

高らか歌う

響き声

若者集い

歌うたい

路上ライブ

熱く耳傾かせ

夢を追い

何かを求め

生きて行く

叶う叶わぬ

また陽がのぼる

　　　　　　　　舞い踊る

　　　　　　　　私を包む

　　　　　　　　天使たち

　　　　　　あたたか陽ざし

　　　　　　　　心ぽかぽか

人生の

はじまりおわり

何おもう

喜怒哀楽で

すべて、よし！

大地にて

真っすぐのびる

道一本

無限を感ず

どこまでもどこまでもどこまでも

皇室の　明日への希望　光射す

受け繋がれし　ひとつの思い

数々の

願い夢持ち

星々の

光輝き

平和を託す

もし私

ツバサがあれば

世界中

大きな羽根で

しあわせ届ける

限りある

命見つめて

命抱き

傷つけぬよう

傷つかぬよう

　

時流れ

尊き命

また受ける

生きる喜び

辛さにも負けじ

いのちの名

私の使命

心込め

気持ち安らぐ

和み届ける

「いのちの名」

『めでたくそして美しく優しい子に』と願いをこめて
「美弥子」という名にしたんだよ。

ある日母に聞いた。わたしの名前の由来は？
母は言う。
めでたくそして美しく優しい子になってとの思い。
母の言葉が耳に残る。
傍らで父も確かにうなずいていたのを覚えている。

「しあわせだな」つくづく思った。

そして誓った。少しでも思いに沿うようなわたしになろう。
自身への小さな約束をした。

時々父を、母を思う。無口な父におしゃべりな母と、
それなりにバランスのとれたふたりだった。

そんなわたしは、と言うと……。

「父に似て、無口なうえに頑固者」
母の言うには、それもしあわせ。

母の言葉に笑えたな。
時々母が「ぞっとするほどパパに似てきた」
気をつけないと今に……。
焦るわたし。どうなるの？　その先教えて。
いたずら顔のママがいました。
そんなママがわたしは大好きでした。

「パパママわたしはどんな子でしたか？」
「願った名に相応しいわたしですか？」
今、声が聞きたい。
母の手を強く握りたい。

父の手も強く握りたい。

わたしが最後にふたりを見た時の光景。
とてもとても仲の良い、
お互いを思いやる素敵なふたりでした。
母が去り、追うように父も去った。
父が、母がいない現実を受け止めるには時間が必要でした。

今思うこと。

いのちの誕生に思いを託した名をつけ、
どんな人生のものがたりを旅するのか、
これからも父に母に見てもらいたい。
わたしは思う。
この目はわたしの目であり父の目であり、
また母の目でもあると。

わたしが見るものすべては
そんなふたりからの贈り物であり、
又、わたしから父へ母への贈り物です。
短歌で今を。

追いかける
父と母の背
いつまでも
消えゆく姿
在りし日思う

まだまだ未熟です。
これからも見守ってください。
美しく、しあわせな名をありがとう。

いのちのものがたり。まだまだ続きます。
もう少し見ていてくださいね。

〈 著者紹介 〉

出島 美弥子（でじま みねこ）

石川県金沢市在住。
社会福祉法人 兼六福祉会 理事長。
令和6年能登半島地震で自宅マンションが大きく
揺れ、長期間断水した。
自宅を離れて生活する中で自然と言葉たちが紡
ぎだされ、本書を出版するに至る。
著書の『歌集 いのちの名』（幻冬舎メディアコン
サルティング、2023年刊）はシリーズ一作目。

歌集 いのちの名
明日のみえない日もあった

2024年11月11日　第1刷発行

著　者　　出島美弥子
発行人　　久保田貴幸

発行元　　株式会社 幻冬舎メディアコンサルティング
　　　　　〒151-0051　東京都渋谷区千駄ヶ谷4-9-7
　　　　　電話　03-5411-6440（編集）

発売元　　株式会社 幻冬舎
　　　　　〒151-0051　東京都渋谷区千駄ヶ谷4-9-7
　　　　　電話　03-5411-6222（営業）

印刷・製本　中央精版印刷株式会社
装　丁　　江草英貴

検印廃止
©MINEKO DEJIMA, GENTOSHA MEDIA CONSULTING 2024
Printed in Japan
ISBN 978-4-344-69133-9　C0092
幻冬舎メディアコンサルティングHP
https://www.gentosha-mc.com/

※落丁本、乱丁本は購入書店を明記のうえ、小社宛にお送りください。
送料小社負担にてお取替えいたします。
※本書の一部あるいは全部を、著作者の承諾を得ずに無断で複写・
複製することは禁じられています。
定価はカバーに表示してあります。